Der Zitronenfalter

...und schwerwiegende Leichtfertigkeiten

von

Manfred Kiwek & Daniell Porsche

Gewidmet
den Mitarbeiterinnen
und Mitarbeitern
der Firma Porsche
sowie
Herrn Dr. Wendelin Wiedeking

1. Auflage, Oktober 2007
15.000 Exemplare

Kulturverlag Polzer
A-5020 Salzburg, Franz Hinterholzer-Kai 22
Tel.: +43 (0) 662 45 53 00
kulturverlag@polzer.net
www.polzer.net

ebenso zu beziehen über
das Kulturzentrum St. Jakob,
Tel.: +43 (0) 662 63 20 20-80
Fax: +43 (0) 662 63 20 20-84
office@kulturzentrum-stjakob.at

ISBN 978-3-9501388-6-3

Illustration: Manfred Kiwek

Text: Daniell Porsche

Gestaltung: Martin Völker, www.martinvoelker.cc

Druck: Niederösterreichisches Pressehaus Druck- und Verlagsgesellschaft m.b.H., www.np-druck.at

Der Zitronenfalter

...und schwerwiegende Leichtfertigkeiten

von

Manfred Kiwek & Daniell Porsche

Kulturverlag Polzer

Vorwort

Mit großer Freude dürfen wir Ihnen, werte Leserin und werter Leser, mit dem vorliegenden Buch „Der Zitronenfalter“ unser zweites in dieser Form gestaltetes Humoristikum zum Lesen, Schmökern und vor allem hoffentlich Schmunzeln überlassen!
Auch in diesem Buch ist der vierhebige Jambus mit weiblicher oder männlicher Endung die Grundlage der Gedichte. Der Paar-Reim als wiederholendes und verdeutlichendes Element fördert aus meiner Sicht Witz und Humor. Wenige Ausnahmen, wie etwa „Ganz Sal“ und „Der Pfadfinder“ sind Versuche, sich stimmungsmäßig auf noch andere humoristische Stile einzulassen: schlichter, moderner, elegischer. Bei einigen Gedichten findet man unreine Reime oder auch wechselndes Metrum. Teilweise werden ungewohnte Betonungen und im Tempo differierende Leseweisen gefordert, um das Grundmetrum einzuhalten. Alles Mittel, um die stilistische Starrheit aufzulösen und dem bewegten Humor in seiner Vielfalt Raum zu geben.
Wir hoffen sehr, dass es uns vor allem durch Text und Bild auch in diesem Band für Sie gelingen möge, den Alltag einwenig leichter werden zu lassen und den durchaus wichtigen Ernst des Lebens für Momente vergessen zu machen, um ihn alsdann neu gegriffen wieder leichter umsetzen und annehmen zu können.
Drei wesentliche Anlässe haben diesen Folgeband entstehen lassen: Die Paracelsus-Schule Salzburg (Bildungsstätte für seelenpflege-bedürftige Kinder und Jugendliche), der Dank gegenüber den Mitarbeiterinnen und Mitarbeitern der Firma Porsche und der Wunsch vielen Menschen einwenig Freude zu machen!
Die Wirtschaft hat eine soziale Verpflichtung! Aus diesem Grund versuche ich nach meinen Möglichkeiten und Einsichten aufgrund meiner Lebenseinstellung, in diesem Fall die Paracelsus-Schule Salzburg finanziell anteilig zu unterstützen – auch mit dem Erlös dieses Buches.
Die Möglichkeit zur Errichtung der für diese Schule auch zukünftig gesehen notwendigen Räumlichkeiten, war mir ausschließlich durch finanzielle Mittel aus Gesellschafteranteilen an der Firma Porsche möglich. Hier verdanke ich den Gründern der Firma, meinen Urgroßeltern, den Großeltern und Eltern mit allen daran beteiligten Familienangehörigen, aber nicht zuletzt aus der Vergangenheit in die Gegenwart blickend, dem Vorstand sowie allen Mitarbeiterinnen und Mitarbeitern der Firma Porsche die mir in den Schoß gelegte Grundlage zur Entwicklung des gesamten Kulturzentrums St. Jakob, bestehend aus der Paracelsus-Schule Salzburg, dem Jakobisaal und dem Gasthaus Schützenwirt.
All jenen zuvor genannten Menschen gegenüber verspüre ich, in diesem Falle die finanziellen Mittel betreffend, Verantwortung. Die Verpflichtung in mir möglicher Weise an diesen Projekten betreuend und begleitend teilzunehmen, ist mir durch diese Tatsache unendlich wichtig. An dieser Stelle möchte ich mich auch hier nochmals von ganzem Herzen bei allen zu diesen Möglichkeiten beitragenden Menschen und Fügungen bedanken. DANKE!

Religiosität im weitesten Sinne, hier vertreten durch die Paracelsus-Schule Salzburg, durch Achtung der Menschenliebe den heranwachsenden Mitbürgerinnen und Mitbürgern gegenüber, Kunst und Kultur durch verschiedenste, breit gefächerte sozial- und nicht erstrangig wirtschaftlich orientierte Veranstaltungen im Jakobisaal und Wirtschaft, durch das biologisch und biologisch-dynamisch orientierte Gasthaus Schützenwirt, sind vereint im Kulturzentrum St. Jakob. Drei Grundmaxime unseres Lebens, welche alleine in gegenseitiger Befruchtung der Weiterentwicklung der Menschen und Menschheit dienen können.
Möge dieses Buch Religiosität durch Verdeutlichung der Notwendigkeit von Wertschätzung, Kunst und Kultur, durch Bild und Poesie und Wirtschaft, durch den Verkauf in guter Weise verbinden und große Verbreitung finden.

Zistelalpe, im August 2007, Daniell Porsche

Der Zitronenfalter

IN THULE, EINEM FERNEN ORT,
MAN KOMMT NIE AN
UND IST DOCH DORT,
DA SASS AUF EINER GOLDENEN BANK
EIN ALTER MANN,
HALB BLIND, HALB KRANK.

TEILS MOCHTE ER DAS SONNENLICHT,
TEILS BARG VOR IHM ER SEIN GESICHT.
DEN EINEN TAG DA LACHTE ER,
DEN ANDEREN DURCHLITT ER SCHWER-
UND WENN ER NACHTS NICHT SCHLAFEN KANN,
SO ZÜNDET ER DIE LAMPE AN,
UND SETZT SICH AN DIE GOLDENE BANK
DER ALTE MANN, HALB BLIND, HALB KRANK.

UND ÜBER IHM DER STERNE LICHT-
ER SAUGT ES EIN WIE EIN GEDICHT;
DENN JEDER HELLE STERNENSTRAHL,
UND WENN ER LICHT UND NOCH SO FAHL,
ER KÜNDET IHM VON ZUKUNFTSLICHT-
EIN LÄCHELN LIEGT AUF DEM GESICHT,
DAS NOCH GEBEUGT UND VOLLER SCHMERZ
ZUVOR SICH NEIGT NACH GOLD UND ERZ.

DENN JEDER HELLE STERNENSTRAHL
DER NIEDERSTEIGT IN THULES TAL,
ER KÜNDET UNSEREM ALTEN GREIS
GEBEUGTEN SCHRITTES, HAUPTES WEISS,
EIN NEUES LEBEN, JUNGES BLUT
WILL BALD SCHON GEBEN LEBENSMUT.
EIN KIND BEGINNT DIE ERDENBAHN
VOM LEBENSSTROM ZUM ERDENKAHN.

UND ALLE KINDER GROSS UND KLEIN,
SIE KEHREN EINSTMALS WIEDER HEIM
AN DIESEN NAHEN, FERNEN ORT
UND WISSEN DAVON DOCH KEIN WORT.
UND AUCH NICHTS VON DEM GREISEN MANN,
DER ALLES WEISS UND ALLES KANN.

UND JEDES KIND IN STRENGER RUH'
STELLT IHM DIE FRAGE: „WER BIST DU?"
UND DIESE KLEINE FRAGE MACHT,
DASS DIESER ALTE HERZLICH LACHT
UND SPRICHT AUCH NUR EIN KLEINES WORT:
„ICH BIN DEIN ICH AB DIESEM ORT...
UND SCHENKE DIR, WEIL ICH DICH LIEBE,
IN DEINE KLEINE KINDERWIEGE
MEIN LÄCHELN DIR EIN LEBEN LANG
AUS TIEFSTEM INNEREN HERZENSDRANG.
UND FALTE DIR ALS LEBENSBLUME
EINE GANZ FRISCHE ZITRODUME.

SIE LEITE DICH EIN LEBEN LANG
AN DEINES LEBENS WERDEGANG;
MIT SÄUERLICHER BITTERKEIT
UND LEBENSFROHER HEITERKEIT.
SIE SEI DEIN ZÜNGLEIN AN DER WAAGE.
SOVIEL ZU DEINER KLEINEN FRAGE.

UND WENN'S DICH EINSTMALS HEIMWÄRTS DRÄNGT
SEI LEBENSMUT HINZUGEMENGT;
DANN FALLE TREU MIR IN DEN SCHOSS -
JETZT BIST DU KLEIN, DANN ABER GROSS.
NUN DRÜCK ICH DICH ALS LETZTEN GRUSS
UND MAHNE DICH MIT EINEM KUSS
AN DEINER STIRNE GLATTEM SCHILD -
ENTFLIEHE IN DEIN LEBENSBILD!

ICH BLEIBE HIER, BIS IN DEIN ALTER
ALS EWIGER ZITRONENFALTER!"

Lesezeichen

FRITZ EGON MACHTE SICH DIE MÜHE
UND TRANK IM WIRTSHAUS HÜHNERBRÜHE
MIT SCHARFEM SINN UND WACHEM BLICK
ZU FORSCHEN NACH DEM LESERGLÜCK. -
GAR VIELE MENSCHEN SAH ER LESEN
UND SCHLOSS SO AUF IHR INNENWESEN;
DER ERSTE LAS RECHT STARR UND KÜHL -
EIN MENSCH MIT WENIG SELBSTGEFÜHL.
DER ZWEITE GRÜBELTE UND DACHTE:
EIN MENSCH DER SCHEINBAR NIEMALS LACHTE. -
DER DRITTE KANN DIE SCHRIFT NICHT LESEN:
ER IST SCHON IMMER BLIND GEWESEN. -
DER VIERTE LESER IST SPION
UND WITTERTE DEN VORGANG SCHON. -
DER FÜNFTE IST EIN MUSKELMANN:
DER NUR KRAFTVOLLES LESEN KANN. -
DER SECHSTE LIEST GANZ STILL, GEHEIM:
ER WILL NICHT GERN BEWERTET SEIN. -

Man. K.
2007

DEM SIEBTEN FIEL DAS LESEN SCHWER:
DER PASST RECHT GUT ZUM MILITÄR.-
DEM ACHTEN KAM EIN GEISTESBLITZ:
EIN MENSCH MIT VIEL VERSTAND UND WITZ.-
DER NEUNTE IST GLEICH EINGESCHLAFEN:
UND HAT WOHL SANFTMUT WIE BEI SCHAFEN.-
DER ZEHNTE IST EIN CLOWN UND LACHT,
WEIL IHM DER INHALT FREUDE MACHT.-
DER ELFTE SCHNEIDET EINE FRATZE:
WEIL ER SICH SCHÄMT BEI JEDEM SATZE.-
DIE ZWÖLFTE LESERIN IST KECK:
UND LEGT DIE BÜCHER EINFACH WEG.-
DER DREIZEHNTE LIEST GERNE VIEL:
AM BESTEN IM ZEITSCHRIFTENSTIL-
DER VIERZEHNTE MACHT EINE PAUSE:
UND SUCHT SICH EINE GUTE JAUSE.-
DER LETZTE UND FÜNFZEHNTE MANN
ZEIGT, DASS MAN BÜCHER ESSEN KANN.
ES HÄNGT ALLEINE VON UNS AB,
OB MAN DAS, WAS MAN LIEST AUCH MAG!

HEROLD

Die Sonnenblume

DIE JUNGE KLEINE SONNENBLUME
SPRACH EINST ZU IHRER GROSSEN MUHME:
„WIE KOMMT'S, DASS DU DICH NIEDER NEIGST
UND SO DEM SONNENLICHTE WEICHST?"
DA SPRACH DIE GROSSE ALTE MUHME
ZU IHRER KLEINEN SONNENBLUME:
„TAGEIN, TAGAUS FOLG' ICH DEM LICHT
UND ZEIG DER SONNE MEIN GESICHT
DA WIRD ES DOCH WOHL MÖGLICH SEIN,
FÜR KURZE ZEIT, WEIL DU SO KLEIN
UND JUNG BIST, MICH ZU DIR ZU WENDEN
UND EBEN DIR MEIN OHR ZU SPENDEN!"
DA SPRACH DIE KLEINE SONNENBLUME
ZU IHRER GROSSEN ALTEN MUHME:
„ICH DANKE DIR FÜR DEINEN SINN
UND WACHSE WEITER ZU DIR HIN!"

Mau. K. 2007

Die Trauerweide

ES WÄCHST AM BACH DIE TRAUERWEIDE
MIT IHREM GRÜNEN BLÄTTERKLEIDE;
SIE NEIGT SICH ÜBER GRAS UND HEIDE
HINÜBER AUF DIE PFERDEWEIDE.
DREI MÄGDE KLAGEN AUF DER WEIDE
IN IHREM EDLEN HOFFNUNGSKLEIDE
AUS GRÜNER, ZARTER, LICHTER SEIDE,
SO WEH IST IHNEN, ACH SO LEIDE;
AUF JENER GRÜNEN TRAUER WEIDE,
BESCHATTET DURCH DIE TRAUERWEIDE.

Die Astgabel

GANZ SELBSTLOS STEHT DER BAUM IM WALD
UND OB ES WARM IST ODER KALT,
BLEIBT ER EIN GANZES LEBEN LANG
AM SELBEN FLECK, SO GUT ER KANN!

UND JEDE HÖFLICHE BEGEGNUNG
VERSETZT DEN BAUM IN FROHE REGUNG,
DOCH WENN MAN IHM ZU NAHE RÜCKT,
IST ER DURCHAUS NICHT SEHR ENTZÜCKT...

UND SPIESST MIT SEINEM GABELAST
SO MANCHEN UNLIEBSAMEN GAST
GAR MAHNEND AUF FÜR EINE ZEIT,
BIS DIESER ÄNGSTLICH „HILFE" SCHREIT!

UND AUCH DAS BEIL, DIE MOTORSÄGE
PASST NICHT IN DIESES BAUMGEHEGE,
DARUM HÄLT SELBIGER BAUM AM SCHAFT
DIE BEIDEN FEST MIT WURZELKRAFT!

Mau. K.
2007

Der Mischwald

OFT SIEHT MAN HIER IN DER NATUR
IM BAUMBEWUCHS MONOKULTUR.
ERST KÜRZLICH HAT MAN SICH BESONNEN
UND MESSWERTTECHNISCH WAHRGENOMMEN,
DASS EIGENTLICH IM MISCHWALD LEBT,
WONACH DES FÖRSTERS MÜHE STREBT.
DRUM SIEHT MAN IN MODERNEN WÄLDERN,
GEFÖRDERT VON FORSTWIRTSCHAFTSGELDERN,
GELOCKT DURCH LOB UND GUTEN LOHN
HIER BEI DER MISCHWALDPRODUKTION
SO MANCHEN FLEISSIGEN HANDWERKSMANN,
DER JUNGWALD KUNDIG MISCHEN KANN!

Der Stammbaum

FRITZ EGON HATTE EINEN PUDEL,
DEN ZOG ER EINST AUS STROMES STRUDEL
UND RETTETE IHM SO DAS LEBEN
UND WÜRDE IHN NIE VON SICH GEBEN.

DER PUDEL HATTE NUN SEIT ZEITEN
DORT DRAUSSEN AUF DEM FELD, DEM WEITEN
DEN STAMMBAUM FÜR SICH DEFINIERT,
ZU DEM ER STETS SEIN HERRCHEN FÜHRT!

UND AUCH WENN PUDEL FIPS VERGNÜGT
SICH NACH FRITZ EGONS WILLEN FÜGT,
SO GILT DER GANG DORT AUF DAS FELD
IHM DOCH DAS WICHTIGSTE DER WELT.

UND AUCH WENN FIPS EIN STAMMBAUM FEHLT,
AUF DEN FRITZ EGON GAR NICHT ZÄHLT,
SO KANN MAN DOCH IM STAMMBUCH LESEN,
WER ALLER SCHON EINST HIER GEWESEN!

Der Fingerhut

BEI SOMMERLICHER PFIRSICHBLÜTE
BEHÜTEN MANCHE FINGERHÜTE
ZUMINDEST EINIGE FINGERKUPPEN
DIE SICH ALS TEMPERAMENT ENTPUPPEN
UND SO FÜR KÜHLE KÖPFE SORGEN
BIS ABENDS SPÄT, VOM FRÜHEN MORGEN!

EIN FINGERHUT VOM SCHNEIDERSMANN
GANZ ANDERE DIENSTE LEISTEN KANN;
ER KÄMPFT MIT MANCHER SPITZEN NADEL
UND ERNTET STETES LOB, NICHT TADEL,
WEIL ER DIE FINGERSPITZE SCHÜTZT
UND EBEN JENE KRAFT BESITZT,
DIE NÖTIG IST UM ABZUWEHREN
DER NADEL BOHRENDES VERSEHREN!

EIN FINGERHUT AM WEGESRAND
IST AUCH IN MANCHEM BUCH GENANNT.
ER WÄCHST UND DUFTET, HEILT UND BLÜHT
SO WUNDERVOLL FÜR JEDEN,
DER IHN SIEHT!

Die Glühbirne

MAN KENNT DEN BIRNBAUM, WENN ER BLÜHT,
DOCH SELTEN NUR, WENN ER ERGLÜHT;
DER BIRNBAUM, WELCHER BIRNEN TRÄGT,
IST WOHL IN MANCHEM BUCH GEPRÄGT;
DEN BAUM, DEM GLÜHBIRNEN ERBLÜHEN
WILL WOHL SO MANCHER GÄRTNER ZIEHEN,
DENN, WENN ER SICH VEREDELN LIESSE,
SO MANCHER STROM AUS DIESEM FLIESSE!
NICHT NUR DER STROM VON VIELEM GELD,
NEIN AUCH NOCH DER, DER UNSERE WELT
DES NACHTS ERHELLT.
UND ÜBERDIES BIN ICH GEWISS,
DASS KEINER DIESE BIRNEN ISS' –
UND EHE DIESE BIRNEN DERBEN,
ZERBRECHEN SIE IN TAUSEND SCHERBEN –
PRO STÜCK, ZUM GLÜCK!

Mau K. 2007

Der Rasensprenger

WENN DORT AM GOLFPLATZ AUF DEM GRÜN
ZU VIELE BUNTE BLUMEN BLÜH'N,
ODER DAS LOCH VOM FAHNENBAUM
VERSTOPFT IST UND MAN SIEHT ES KAUM,
DANN RUFT MAN GLEICH DEN RASENSPRENGER-
ER KOMMT SOFORT, GIESST DORT NICHT LÄNGER-
UND SPRENGT HIER NICHT MIT H_2O
DEN RASEN UND DEN BLUMENZOO,
SONDERN MIT ECHTEM DYNAMIT,
DAMIT MAN RESULTATE SIEHT.
DIE ÜBERFLÜSSIGE BLUMENZIER
VERSCHWINDET GLEICH UND GRÜN IST HIER
DER RASEN, UND WAS BLEIBT UNS NOCH?
EIN NAGELNEUES FAHNENLOCH!

Man.K.
2007

Die Wegwarte

AM WEGESRAND VON LINZ NACH WIEN
SAH MAN DIE WEGWARTE RECHT KÜHN
AUF EINE FAHRGELEGENHEIT
ZUWARTEN IN DER ABENDZEIT.
GAR MANCHER NETTE JUNGE MANN
HIELT GERNE AN DER STELLE AN,
WO SIE MIT KECKEM ÜBERDRUSS
VERPASSTE JEDEM EINEN KUSS
UND ERST ALS ES DER RICHTIGE WAR
DER AUCH IM KÜSSEN KUNSTVOLL, RAR,
IST SIE INS AUTO EINGESTIEGEN
UND LÄCHELTE IN VOLLEN ZÜGEN!

233

Vergissmeinnicht

AM SCHREIBTISCH BRENNT DES NACHTS NOCH LICHT,
ICH BITTE DICH, VERGISS MEIN NICHT-
ICH WÜTE STILL IN MEINER PFLICHT
UND BITTE DICH, VERGISS MEIN NICHT-
ICH KANN VOR LAUTER ARBEIT NICHT,
ICH BITTE DICH, VERGISS MEIN NICHT-
EIN ENDE IST NOCH NICHT IN SICHT,
ICH BITTE DICH, VERGISS MEIN NICHT-
ICH FÜHLE MICH WIE IM GERICHT
ICH BITTE DICH, VERGISS MEIN NICHT,
EIN HAUFEN MÜLL MIT VIEL GEWICHT,
ICH BITTE DICH, VERGISS MEIN NICHT-
WIE WAHRE ICH HIER MEIN GESICHT,
DU HOLDESTES VERGISSMEINNICHT: ?
„ICH WEISS ES LEIDER SELBER NICHT!"

Des Herren Vogel

FRITZ EGON TRÄGT ALS KRONENZIER
IM KÄFIGHAUPT EIN VOGELTIER
UND LÄSST IHM GERN DAS DENKEN ÜBER
UND LÄNGST VERGESSENES KEHRT WIEDER,
WEIL MAN DURCH DIESES VOGELHIRN
ENTLASTET WIRD VON OHR NACH STIRN.
UND WEIL VIER AUGEN BESSER SEHEN
KANN ER JETZT AUCH IM DUNKELN GEHEN.
DES FLIEGENS IST ER NOCH NICHT MÄCHTIG
DOCH SONST GEHT ES IHM WIRKLICH PRÄCHTIG.
UND DURCH DAS VOGELWORTSCHATZSAMMELN
MUSS ER NIE WIEDER PEINLICH STAMMELN.
SOGAR DIE MENSCHLICHE SPRACHVIELFALT
MACHT VOR DER VOGELSTIMME HALT.
IM FRÖHLICHEN VOGELLOBGESANG,
ERQUICKT ER SICH EIN LEBEN LANG.

Mau. K.
2007

Die Handbremse

EINST SASS AUF EINES JUNGEN HAND
GANZ UNVERDROSSEN UND ENTSPANNT
EIN BREMSENVIEH MIT VIEL GENUSS
UND TRANK DESSELBEN BLUT IM FLUSS.
BETRACHTEND SAH DER JUNGE ZU;
DER EINSTICHSCHMERZ VERGING IM NU,
WENN AUCH DIE HAND, WIE HIER GEBALLT,
SO NICHT DIE ANDERE HAND, DIE KNALLT
AUF DIESES KLEINE BREMSENTIER. -
DER JUNGE STAUNT UND GUCKT NOCH HIER
WIE DIESES TIER MIT ZARTEM FLÜGEL
GENÜSSLICH TRINKT AM BALLENHÜGEL.
EIN PAAR MINUTEN GEHT DIES SPIEL,
DIE BREMSE TRINKT UND TRINKT RECHT VIEL
UND FLIEGT ALSDANN RECHT SCHWER VON HINNEN,
DER JUNGE TÄTE SICH BESINNEN
DASS DIESES TIER, OB GROSS OB KLEIN
HANDBREMSE SOLL GEHEISSEN SEIN!

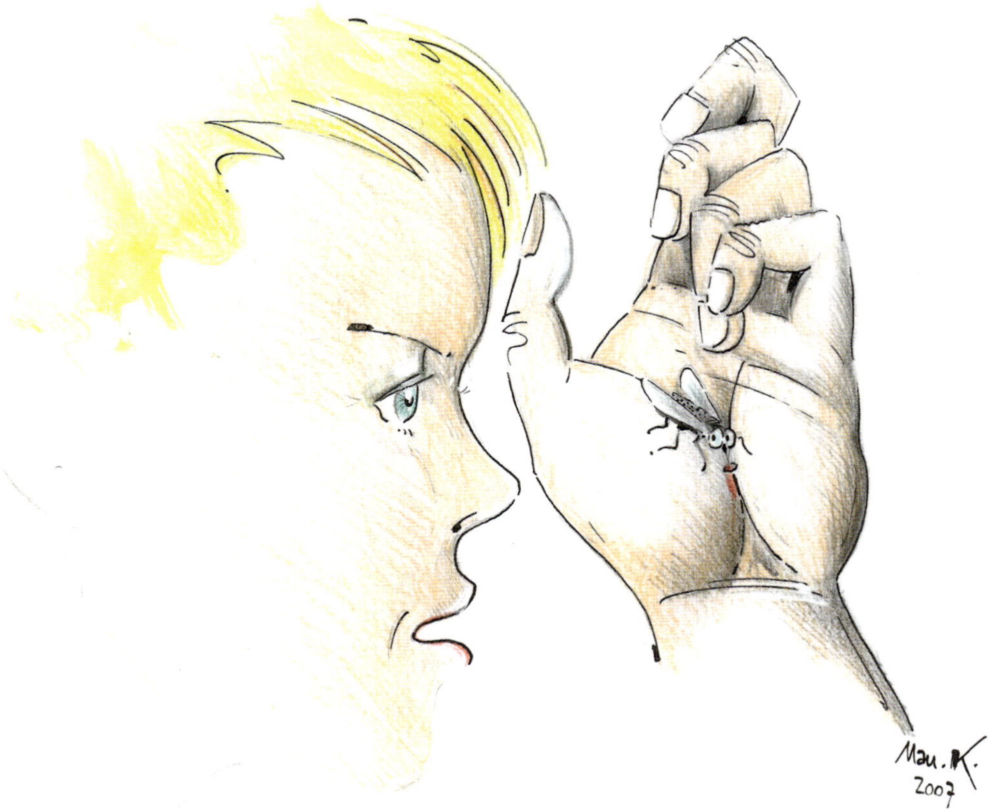
Mau. K.
2007

Der Igel

BEI STARKEM, WILDEM, RAUHEM STURM
VERKRIECHT IM APFEL SICH EIN WURM;
EIN JUNGER, NEUGIERIGER IGEL
DER HIER AUF DIESEM WIESENHÜGEL
SICH EIGENTLICH ALLEINE WÄHNTE
UND SICH NACH SEINER HOLDEN SEHNTE,
WAR GERADE NOCH IM INBEGRIFF,
SEINER FRISUR DEN LETZTEN PFIFF
ZU GEBEN HIER IM ABENDSCHEIN
UM SCHÖN ZU SEIN, FÜR'S TRAULICHSEIN!
DOCH DIESER KLEINE JUNGE WURM
ZU DIESER ZEIT BEI DIESEM STURM,
DER BRACHTE UNSEREN IGEL GANZ
AUS DEM KONZEPT MIT SEINEM SCHWANZ.
SO FRAGTE SICH DER JUNGE IGEL
AUF DIESEM EINSAMEN WIESENHÜGEL:
„IST DIES EIN APFELLOCH MIT WURM
ODER EIN LOCH MIT APFELWURM?"

Der Dompfaff

EIN DOMPFAFF SITZT AUF EINEM AST
UND IST IN SALZBURG NUR ZU GAST.
DIE WUNDERSCHÖNE ARCHITEKTUR
BEGRÜSST ER NEBEN WALD UND FLUR,
DOCH GANZ NACH SEINER TIERNATUR
HÄLT ES IHN HIER EIN STÜNDCHEN NUR!
DENN IN DEM GROSSEN MÄCHTIGEN ROM
ERWARTET MAN IHN SCHON IM DOM,
AUFDASS ER NEUE PREDIGTEN HALTE
UND ALL SEIN PFARRERTUM ENTFALTE!

2007

Der Zaubermeister

HAT DER JUNGE ZAUBERLEHRLING
SICH DOCH EINMAL WEGBEGEBEN!
UND NUN SOLLEN NOCH VIEL DREISTER
LUSTERE STÜCKE FÜR MICH LEBEN.
DAS WAS DER ERREICHTE
IST FÜR MICH NICHT NEU,
DAROB ER ERBLEICHTE
UND EIN WENIG SCHEU
SINKT ER IM ZYLINDER
IMMER TIEFER EIN-
ZAUBERLEHRLINGS KINDER,
WERDET NUN BALD MEIN!

UND SO SOLLEN NEUE STÜCKE
HIER AM BÜHNENRAND ENTSTEHEN;
EUCH ZUR FREUDE, MIR ZUM GLÜCKE,
SOLLT IHR NEUE WUNDER SEHEN!
MENSCHEN OHNE WILLEN,
KLEIN UND UNSCHEINBAR
ÜBERFÜLLT MIT PILLEN
SCHWACH UND STEUERBAR-
MASSENPRODUKTIONEN:
NICHT PERSÖNLICHKEIT
SOLLEN AB HEUTE WOHNEN
HIER ALS MENSCHLICHKEIT!

HALLE, SCHALLE
DOCH ZUM GLÜCKE
KEHRT ZURÜCKE
MANCHE LÜCKE
UND DER MENSCH
SEIN STARKER WILLE
KANN AUCH LEBEN
OHNE PILLE!

HAT DER JUNGE ZAUBERLEHRLING
SICH DOCH EINMAL WEGBEGEBEN!
UND NICHT SCHWARZE BÖSE GEISTER
SOLLEN FORTAN IN IHM LEBEN.
LICHTE KRÄFTE WIRKEN
JETZT UND IMMERDAR-
JEDES MENSCHEN WILLE
IST DOCH WUNDERBAR!

Die Laufschule

WEIL UNSERE KINDER ZUVIEL SITZEN
UND MEISTENS AN DER SCHULBANK SCHWITZEN
IST HIER EIN LEHRERSMANN GEKOMMEN
UND HAT SICH GAR EIN HERZ GENOMMEN
FÜR SEINE LIEBEN KINDERLEIN,
DIE GLÜCKLICH, FRISCH UND KLUG UND REIN
MIT IHM IN WALD UND FELD UND FLUR,
KURZUM IM SCHOSSE DER NATUR
DEN UNTERRICHT IN ANGRIFF NEHMEN,
OHNE IM SCHULSUMPF ZU VERGRÄMEN.
UND WEIL SIE LAUFEND ZIEHEN INS LAND,
SEI DIES PROJEKT DIE „LAUFSCHULE" GENANNT!

Die Handschuhe

IM WINTER TRÄGT MAN WOLLGEWAND
UND NIMMT SICH HANDSCHUHE ZUR HAND,
IM SOMMER KANN MAN UNTERDESSEN
DIE WARME KLEIDUNG FAST VERGESSEN,
DENN BARFUSS LÄUFT MAN HIN UND HER
UND TUT SICH MIT DEM WARM NICHT SCHWER.
DIE SCHUHE WÜRDEN SO NUR RUHEN,
DRUM GEHT MAN HIER MIT DEN HANDSCHUHEN
VON ZEIT ZU ZEIT ALS ZEITVERTREIB
UMHER IM HOF ABER NICHT WEIT,
DENN DIESES WINTERSCHUHAUSTRETEN
IST HIER NUR MONATLICH VON NÖTEN.
SO BLEIBEN SIE NEU UND GESCHMEIDIG,
DENN HARTE SCHUHE SIND UNS LEIDIG!

Die Schiebelehre

ZU KÖLN GIBT ES DIE FURCHTBAR SCHWERE
DOCH WEIT GERÜHMTE SCHIEBELEHRE.
IM GEGENSATZ ZU ANDEREN LEHRERN
UND LEICHTFERTIGEN BESENKEHRERN,
IST HIER DAS ZIEL GEMEINSAMKEIT
DENN ALLES WERK GESCHIEHT ZU ZWEIT –
DAS MEISTER UND GESELLE EINT
MIT VIEL ERFOLG WIE MIR SO SCHEINT.
DER SANFTE DRUCK BEI DIESER LEHRE
AUS MEISTERHAND AM SCHULTERBLATT
GIBT LEICHTE HIER UND WIEDER SCHWERE,
EIN GLÜCK FÜR DEN DER DIESES HAT.
FLEXIBEL, EINFÜHLSAM UND REIN
SOLL HEUTE EIN GESELLE SEIN,
UND EBEN DIESE WAHRE TUGEND
ERLERNT MAN SCHWERLICH NACH DER JUGEND,
DOCH LERNT MAN ES BEIZEITEN KENNEN,
DARF MAN SICH SCHIEBELEHRLING NENNEN!

Der Zebrastreifen

HÄTTE EIN ZEBRA WIRKLICH STREIFEN
SO MÜSSTE MAN DIE STREIFEN SCHLEIFEN,
SONST FEHLTE DOCH DER RECHTE SITZ
UND JEDER STREIFEN WÄR' NICHT SPITZ!
HINGEGEN WÄREN JENE STREIFEN
DIE WEISS SICH ZEIGEN, EINZUSEIFEN,
SONST WÜRDE MANCHER NICHT BEGREIFEN,
DAS KONTRAHENTUM ZEBRASTREIFEN!

HÄTTE EIN ZEBRA WIRKLICH STREIFEN
SO WÜRDEN JENE WIRKLICH REIFEN,
VOM ZEBRA ABGEWORFENEN STREIFEN
SICH GLEICH AM GEHWEG FEST VERGREIFEN;
UND BILDETEN GANZ OHNE SCHLEIFEN
VON HIER NACH DORT DEN ZEBRASTREIFEN,
DER FESTGEFAHREN UND BEGANGEN,
SO WÜRDE AUF DER STRASSE PRANGEN.

ZUM GLÜCK KANN JEDER MENSCH BEGREIFEN:
ES GIBT GAR KEINEN ZEBRASTREIFEN!

Der Pfadfinder

NICHT JEDEN WICHTIGEN GEHEIMEN PFAD
SIEHT MAN MIT FREIEM AUGE,
MAN ZIEHT SICH DEN SPION ZU RAT
UND BIS ZUR GARTENLAUBE

VERFOLGT ER HIER AUF SCHRITT UND TRITT
DEN PFAD DER KLEINEN TIERE
UND ALL SEIN WISSEN NIMMT ER MIT
BIS HIN ZUR GARTENTÜRE;

HAT ER DEN PFAD ALSDANN GEFUNDEN
UND SO SEIN TAGWERK GANZ VOLLBRACHT,
IST AUCH DIE SORGE ÜBERWUNDEN
UND DRAUSSEN WIRD ES LEISE NACHT.

Das Laufrad

WENN OMA MIT DEM LAUFRAD FÄHRT
DANN GEHT DOCH ALLES UNBESCHWERT;
DENN HAT SIE EINMAL KEINE KRAFT
IST MÜDE UND DAHINGERAFFT,
SO LAUFEN ZWÖLF GALOSCHEN MIT
UND HALTEN OMAS FLOTTEN TRITT.

OB ÜBER TEER, DURCH WALD, AUF WIESEN,
SIE KANN DEN HOCHSITZ SEHR GENIESSEN,
DENN FEDERWEICH UND GUT GETRAGEN,
UMGIBT SIE STETS EIN WOHLBEHAGEN!
UND SELBST WENN CHRISTOPH MIT IHR FÄHRT
GEHT ES NOCH IMMER UNBESCHWERT!

UND WEIL HIER LAUTER SCHUHE TRABEN,
WIRD OMA NIEMALS PATSCHEN HABEN!

Der Fahrstuhl

EIN ÄLTERER HERR VON EBENE NULL
FUHR DURCH'S HOTEL MIT DEM FAHRSTUHL.
BEQUEM UND ANGENEHM VERPACKT,
ENTGING ER JEDEM BLICKKONTAKT,
UND AUCH DER LIFT WAR IHM NICHT NÖTIG,
DENN WO ER HINKAM, FORSCH UND STETIG,
BUCHTE DER HERR MIT DEM FAHRSTUHL
GANZ EINFACH NUR AUF EBENE NULL!

Die Zugspitze

DORT FÄHRT MIT DONNERNDEM GEBLITZE
VORBEI DER ZUG AN DER ZUGSPITZE-
EIN WEIDEVIEH STEHT STAUNEND DA,
WEIL ES SO ETWAS NOCH NICHT SAH!
DURCH DICHTEN TANN, AUF ENGEN TRASSEN
WIRD ER DAS BERGLAND BALD VERLASSEN;
DOCH VOLLER FREUDE UND GEWITZE
TRÄGT ER **VOR** SICH NUN DIE ZUGSPITZE!

Die Zugbrücke

EIN ZUG ZIEHT EINFACH SEINE BRÜCKE
NUR FÜR DEN FALL DASS EINE LÜCKE
IM GLEISNETZ SICH BEFINDEN WÜRDE
ZWISCHEN SANKT VEIT UND GRAVENBÜRDE.

GANZ DEUTLICH ZEIGT UNS HIER DIE BAHN,
DASS SIE IM WASSER FAHREN KANN!
UND ZIEHT SIE EINMAL KEINE BRÜCKE,
STÖRT SIE AUCH NICHT DIE SCHIENENLÜCKE.

Man·K·2007

Der Ordensbruder

IN SCOTSBRITTDEVILLOSTALUDER
DA LEBTE EINST EIN ORDENSBRUDER
UND WEIL ER SICH RECHT KLUG EMPFAND,
STIEG ER GLEICH OHNE BADGEWAND
IN EINEN ALTEN WANNENTROG,
DEN TANTE SLIDE ZUR SEITE SCHOB.

MIT EIN PAAR ALTEN SEGELSCHIFFEN
UND LINSENGLAS INS AUG' GEKNIFFEN
TRANK ER BEI EINER ZIGARETTE
VON JAMES SERVIERT, OBSTLIMONETTE;
UND WENN SEIN KRANKER SCHWACHER SINN
FÜHRT IHN AUCH MEHR ZU DUMMHEIT HIN-
SEIN BUTLER JAMES IHM TREUE HIELT,
DENN ER WAR INSGEHEIM
GENAUSOSEHR VERSPIELT!

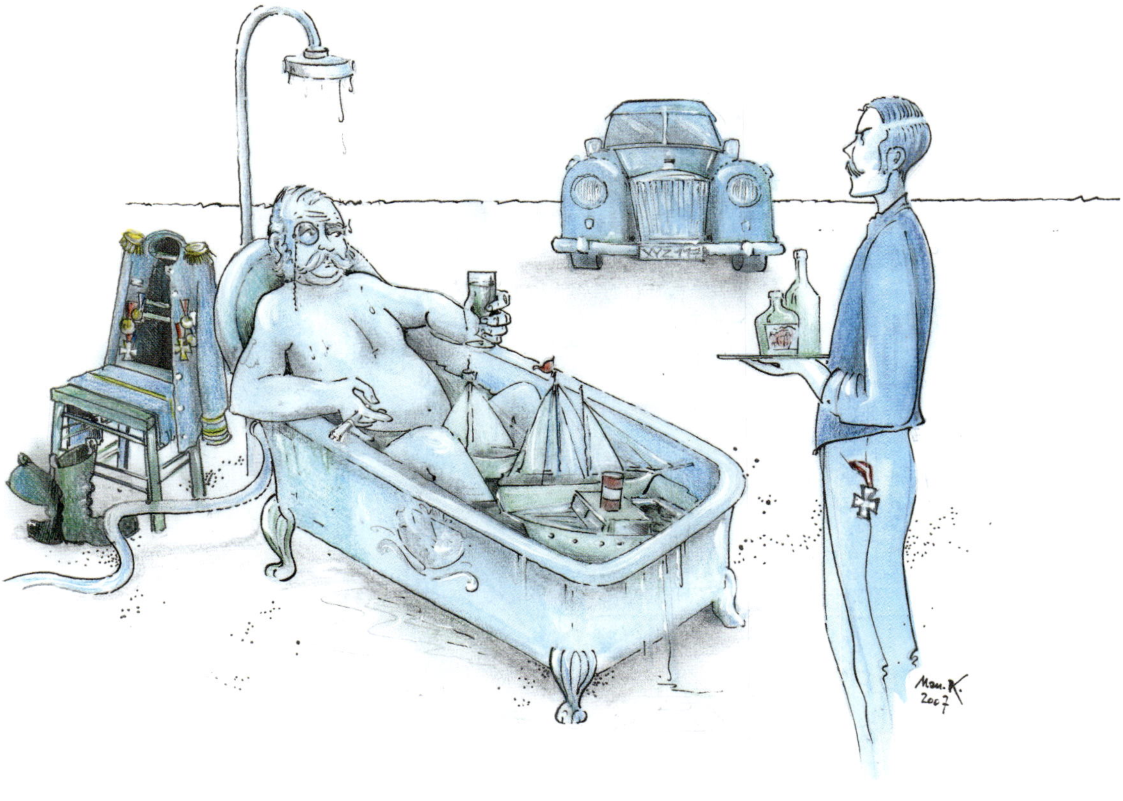
Man. K.
2007

Die Meerschaumpfeife

IM NÖRDLICHEN OSTFRIESENLAND
DA GIBT ES NICHT NUR MEER UND SAND –
NEIN, AUCH NOCH SCHIFFE UND MATROSEN
MIT BÜGELGLATTEN BLAUEN HOSEN
UND WENN DORT EINER PFEIFE RAUCHT
UND MEERSCHAUM FÜR DEN TABAK BRAUCHT,
SO HOLT ER SICH VOM WEITEN MEER
MEERSCHAUM HINZU UND FREUT SICH SEHR
UND SEHNT SICH BEI DER FRISCHEN BRISE
NACH DER GELIEBTEN ANNELIESE!

Der Aufschneider

IN DER KAJÜTE UNTER DECK
DA SITZT EIN SEEMANN, FRECH UND KECK
UND SPRICHT VON SEINEN WILDEN ZEITEN,
DIE IHM NOCH HEUTE SPASS BEREITEN
UND SCHNEIDET AUF DIE ÄRGSTEN SACHEN,
DIE EINEN TRAURIG, TEILS ZUM LACHEN
DIE ANDEREN, DOCH EINES IST KLAR:
DIE HÄLFTE DAVON IST NICHT WAHR!

Die Piraten

ZURÜCK VON WILDEN GREUELTATEN
ZIEH'N HEIMWÄRTS DIE HOCHSEEPIRATEN;
IHR SCHIFF IST STOLZ UND STARK GEBAUT,
DASS IHM VOR KEINEN STRASSEN GRAUT
UND AN DES MEERES STEINIGEM ENDE,
WO JEDES ANDERE SCHIFF ZUR WENDE
DIE SEGEL UND DAS STEUER KEHRT,
FÄHRT DIESES WEITER, UNBESCHWERT,
DENN AN DEM MÄCHTIGEN WASSERKAHN
SIND RÄDER, UM AN LAND ZU FAHRN.
SO STÜRMEN DIESE WILDEN BRÜDER
FAST JEDE STADT UND KEHR'N NICHT WIEDER.

RESTAURANT
MORDSEE
ANKER

Der Fliegenpilz

EIN KLEINER FLIEGENPILZ IM WALD
BETRACHTETE DEN GROSSEN,
DER DOCH IN SEINER FORMGESTALT
RECHT SONDERBAR ENTSCHLOSSEN
SICH EINEN ANDEREN NAMEN GAB,
UM ETWAS AUFZUFALLEN
UND NUN AN SEINEM WEISSEN STAB
MIT STINKEN UND MIT KNALLEN.
DIE DÜSENJÄGER FRIEDLICH TRÄGT
AUF ROTEM UNTERGRUNDE,
UND SO ZUM ARTENSCHUTZ BEITRÄGT
AB JETZT IN JEDER STUNDE.
SEIN NEUER NAME „FLIEGERPILZ"
WARD BALD IM WALD VERBREITET
UND ÜBER SEINES SCHEITELS FILZ
EIN JUNGES BIENCHEN GLEITET.
DER KLEINE FLIEGENPILZ IM WALD
WILL MORGEN ERST CHAUFFIEREN,
UND WIRD AN SEINER HUTGESTALT
AB MORGEN KORRIGIEREN,
ZWAR NICHT DEN NAMEN, DOCH AM SCHOPF
DIE VIELEN WEISSEN FLECKEN-
DURCH ECHTE FLIEGEN AUF DEM KOPF,
UM ANDERE ZU NECKEN.

Der Flügel

DAS FLUGZEUG TRÄGT IM WOLKENHÜGEL
EIN GROSSES PAAR VON FLUGZEUGFLÜGEL,
VERWUNDERT BLICKT SO MANCHER GAST
ZUM FENSTER, DENN DORT SPIELT GEFASST,
TROTZ GROSSER FLUGGESCHWINDIGKEIT
EIN PIANIST IM MOZARTKLEID,
SO SITZEND AUF DEM FLUGZEUGFLÜGEL
AN SEINEM ALTEN BECHSTEIN-FLÜGEL,
GAR MANCHE KLASSISCHE RARITÄT
WÄHREND DAS FLUGZEUG WEITERSCHWEBT!
DIE EINZIGE BEHINDERUNG
IST HIER DAS SCHALLGLAS, DENN GANZ STUMM
BLEIBT FÜR DIE GÄSTE DAS ERLEBNIS,
SO NUR MIT OPTISCHEM ERGEBNIS.

Der Vogelballon

EIN VOGELNEST MIT ALLEN JUNGEN
ENTSCHWEBT RECHT ZIERLICH UND GEDRUNGEN,
MIT EINEM RICHTIGEN GASBALLON
WOHL IN DIE WEITE WELT DAVON.

DAS MUTTERTIER FLIEGT HINTERDREIN,
DENN ES WILL IMMER NAHE SEIN-
FÜR ALLE JUNGEN WARTET FUTTER
IM SCHNABEL IHRER VOGELMUTTER.

ALLEIN DAS LANDEN AUF DEM NEST
IST NICHT SO LEICHT, WEIL ES NICHT FEST;
KAUM SITZT DAS MUTTERTIER AM RAND,
SINKT DER BALLON SCHON GEGEN LAND.

ERST WENN DIE MUTTER WEITER FLIEGT,
DER GASBALLON NACH OBEN ZIEHT
BIS ER DIE PRALLHÖHE ERREICHT,
WO ER DIE HÖHE HÄLT, UND LEICHT
WOHL ÜBER MANCHE DÄCHER FÄHRT,
BIS DANN DIE MUTTER WIEDERKEHRT.

EIN KATZENTIER AUF EINEM BAUM
WÄHNT SICH IM TIEFSTEN KATZENTRAUM,
DENN SOLCH EIN LUFTIGES UNGETÜM
SAH ES NOCH NIE VORÜBERZIEH'N!

Mau. K.
200

Der Drachenflieger

SEHT LEUTE, SEHT,
DIE DRACHEN FLIEGEN WIEDER,
UND MANCHER DRACHENFLIEGER
SINGT DAZU ALTE LIEDER.

DIE KINDER, SIE LAUFEN
UND SPRINGEN IM WIND,
DIE DRACHEN, SIE SCHWEBEN
UND STEIGEN GESCHWIND...

SEHT LEUTE, SEHT,
DIE DRACHEN FLIEGEN WIEDER,
DIE GUTE ALTE ZEIT,
SIE KOMMT WOHL DOCH BALD WIEDER!

Man. K. 2007

Der Luftdruck

WIR MENSCHEN KENNEN DAS GEFÜHL:
MAL IST ES HEISS UND RICHTIG SCHWÜL,
MAL IST ES WIEDER FURCHTBAR KALT,
DANN FRÖSTELT UNSERE GESTALT.

ES GIBT DEN TAG, DA SIND WIR FROH
UND LACHEN, SCHERZEN SOWIESO,
DANN KOMMEN WIEDER TRÜBE TAGE
UND STELLEN UNS DIE LEBENSFRAGE:

„WARUM, WIESO, WESHALB, WOZU
FINDE ICH NICHT ZU INNERER RUH',
FINDE ICH NICHT, WOZU ICH LEBE
UND EINFACH TÄGLICH WEITERSTREBE!"

ZU DIESEN WECHSELNDEN GEFÜHLEN
GAR VIELE FAKTEN ROLLE SPIELEN –
DOCH NICHT ZULETZT IST ES DIE LUFT,
DIE UNSERE GEFÜHLE RUFT.

MAL HILFT DER ATMOSPHÄRENDRUCK
UNS ZU DEM NÖTIGEN INNEREN RUCK,
WEIL WIR UNS TIEF GEBEUGT, GESCHLAGEN
DURCH WILLEN AN DIE ARBEIT WAGEN.

MAL IST DER LUFTDRUCK WIEDER LEICHT
UND UNSER GEIST NACH OBEN FLEUCHT
UND IST DER DRUCK NOCH MEHR ENTWEICHT,
SOGAR DER KÖRPER SCHWEBEND STEIGT.

DA LOBT MAN SICH EIN TIEFENHOCH,
SONST STEIGEN ALLE MENSCHEN NOCH
IN ATMOSPHÄRISCHE GEFILDE
UND FEHLEN DANN DEM WELTENBILDE!

Mau. K. 2007

Der Bierdeckel

EINST SASSEN TRIN UND WEGGEL
GEMEINSAM DORT AM TISCH,
SO MANCHER BIER'NE DECKEL
ERSCHÄUMTE UND MIT ZISCH
UND SONSTIGEM GERAUNE
RANN ÜBER JEDES MASS -
TRIN SCHIEN ES WIE IM TRAUME,
DEM WEGGEL MACHT'ES SPASS!
DENN PLÖTZLICH SAH KONTUREN
MAN AUS DEM KRUG GEFORMT
UND FAST SCHON MENSCHLICHE SPUREN,
OBSCHON DER KRUG GENORMT!
DIE FRAGE BLEIBT NATÜRLICH,
OB ES DER ALKOHOL WAR,
DASS JEDER KRUG FIGÜRLICH
ERSCHIEN, ODER OB ES WAHR,
IN WIRKLICHKEIT GESCHEHEN. -
ICH WEISS ES SELBER NICHT;
WAS HIER AM BILD ZU SEHEN,
IST ES DIE WAHRHEIT NICHT?!?

Die Bank

AUF JEDER ÜBLICHEN WERTGELDBANK
WIRD MEHR DAS GELD, DOCH WIRD ES KRANK!
AUF DIESER GARTENBANK HINGEGEN
KANN MAN DAS GELD ZWANGLOS ANLEGEN.
ES WIRD ZWAR WIRKLICH NIEMALS MEHR
EIN WINDHAUCH SCHON WEHT ES UMHER,
DOCH FREUT SICH, WENN ER FINDEN KANN,
DARÜBER JEDER ARME MANN.
UND FÜHLT SICH NIEMAND ZUGEHÖRIG
SO WIRD ES EBENFALLS NICHT SCHWIERIG
FÜR DEN BESTELLTEN GÄRTNERSMANN
DER MIT DEM GELD NICHTS WEISS, NOCH KANN,
ES EINFACH IN DEN MÜLL ZU WERFEN
UND SO DEN GELDWERT ZU ENTSCHÄRFEN.
DENN MACHEN KANN MAN DAMIT VIEL,
DIE DISKRETION IST NARRENSPIEL,
DIE WOHLTAT IST BEI GELD HINGEGEN,
FÜR JEDEN ETWAS ABZUGEBEN.

Man. K.
2007

Der Wechselschalter

EIN WECHSELSCHALTER IST GEDACHT,
DASS ER DEN MENSCHEN FREUDE MACHT,
DASS ER SO ARBEITSZEIT ERSPART
UND IHN VOR GROSSER MÜHE WAHRT.
EIN LICHT MIT EINEM SCHALTER NUR-
DAS LIEGT IHM KLAR IN DER NATUR-
STRENGT JEDEN MENSCHEN ZIEMLICH AN,
WEIL ER NICHT ÜBERALL SCHALTEN KANN.
WIE PRAKTISCH IST ES ZWEI DER SCHALTER
ZU HABEN, SO ALS ZEITGESTALTER.
BEI DIESER TÜRE GEH' ICH REIN
UND DRÜCKE HIER DAS LICHT AUF EIN
UND GEHE DRÜBEN WIEDER RAUS
UND SCHALTE JENEN SCHALTER AUS.
SO KANN MIT WECHSELNDEN GEFÜHLEN
ICH HIER MICH MIT DEN SCHALTERN SPIELEN
UND WENN MIR ZWEI ZU WENIG SIND,
BAU' ICH EIN „KREUZ" EIN GANZ GESCHWIND
UND MIT DEM KREUZGESCHALTENEN LICHT
SIND DREI DER SCHALTER NUN IN SICHT.

GANZ ANDERS IST ES HIER IM BILD-
MAN SIEHT ES SCHON AM SCHALTERSCHILD-
ZWAR IST HIER AUCH EIN LICHT IM RAUM,
ABER DEN SCHALTER SIEHT MAN KAUM.
VERHÄNGT UND EINGESPERRT AM TRESEN
WIRKT HIER EIN MÄNNLICHES SCHALTERWESEN
UND WOHL MIT WECHSELNDEN GEFÜHLEN
LÄSST ER HIER SEINE MÜNZEN SPIELEN,
UND WECHSELT ALLES WAS ER KANN-
DER WECHSELSCHALTERBANKDIENSTMANN!

Der Bildschirm

DER BILDSCHIRM IST GANZ OHNE FRAGE
NICHT WEGZUDENKEN HEUTZUTAGE,
DENN NICHT NUR DASS ER BILDER SCHAFFT
AUS SEINER EIGENEN SCHAFFENSKRAFT,
NEIN, AUCH ZUR BILDUNG TRÄGT ER BEI,
AUF DASS DER MENSCH GELEHRIG SEI.

UND FÄLLT IN SALZBURG EINMAL REGEN
UND MÜSSTE MAN SICH HEIMBEGEBEN,
SO DIENT DER SCHIRM, WIE SCHON GEWOHNT,
DASS MAN VOR NÄSSE BLEIBT VERSCHONT.

NUR WENN MAN EINMAL GANZ VERTRAUT
DEN SCHIRM IM HANDSCHUHFACH VERSTAUT,
SO SCHÜTZT MAN IHN VOR STAUBIGKEIT
DURCH BILDSCHIRMSCHONER DIESER ZEIT.
UND SITZT MAN TÄGLICH VOR DEM SCHIRM,
ENTFLIEHEN VÖGEL AUS DEM HIRN.

Mau. K. 2007

Der Hosenträger

HANS-ANTON UNSER SALZACHJÄGER
WAR DER GEBORENE HOSENTRÄGER,
DENN WO MAN IHN AUCH STEHEN SAH -
EINS WAR BEI IHM SCHON VÖLLIG KLAR,
WIE ANDERE ZUR KIRCHE GEHEN,
SAH MAN IHN NUR IN HOSEN STEHEN
UND SITZEN, TANZEN, LIEGEN, SCHLAFEN,
SOGAR DIE ARBEIT BEI DEN SCHAFEN
WAR FÜR HANS-ANTON NICHT ZU MACHEN,
OHNE SICH HOSEN ANZULACHEN.
GANZ ANDERS WAR'S BEI SEINER FRAU,
DIE TRUG NUR RÖCKE, UND IN BLAU
WAR'N SEINE KINDER ANGEZOGEN
VON UNTEN BIS ZUM KOPFE OBEN!
UND AUCH WENN ES AM BILD SO SCHEINT,
DASS SIE DAS HOSENTRAGEN EINT,
SIND SIE DENNOCH NICHT HOSENTRÄGER
SO WIE IHR ALTER SALZACHJÄGER -
SIE TRAGEN NÄMLICH NACH DEM TREND
NUR JEANS, UND NOCH EIN BAUMWOLLHEMD!

Neumond

BEI NEUMOND FREUT DER MENSCH SICH SEHR,
ER WEISS AB NUN, DAS LICHT WIRD MEHR!
MIT JEDER NEUEN MONDLICHTNACHT
WIRD AUCH SALZBURG MEHR LICHT GEBRACHT;
UND IST DER ALTE MOND AUCH KLEIN,
ER LEUCHTET DOCH MIT FAHLEM SCHEIN,
WENNGLEICH SEIN DIENST BEENDET IST
UND ER GEBETTET WIRD IN MIST.
DER GLANZ DES ALTMONDS WIEDERUM MACHT,
DASS DER AM HIMMEL LEISE LACHT!

Der Tischläufer

BEI HORST UND HERTHA GING ES ZU,
DA FAND MAN ABENDS KEINE RUH'.
EIN TISCHLÄUFER MACHTE ZUNÄCHST
DASS HIER DIE SPANNUNG DEUTLICH WÄCHST,
UND SPÄT AM ABEND KAMEN MEHR
UND STEIGERTEN DIE SPANNUNG SEHR,
UND JEDER UM DIE WETTE LIEF;
DIE RUNDE LACHTE SICH HALB SCHIEF,
UND DER GEWINNER DIESER NACHT
HAT DANN DIE LÄUFER HEIM GEBRACHT.

Der Streckenlauf

BEI DIESEM HEITEREN STRECKENLAUF
GING ES ZUVOR UM STECKENKAUF,
WEIL EBEN JEDER STECKENKNAUF
NOCH VOR DER WACKEREN RECKEN LAUF
IN DIESEM GAR SO NETTEN HAUF'
UND EBEN DURCH DER WETTE LAUF
GUT AUSGESUCHT UND FEST DARAUF,
ZU SITZEN KOMMEN MUSS BEIM KAUF!

GANZ ANDERS IST DAS NORDIC-WALKING,
HIER SPRICHT MAN GLEICH VON ENGLISH-TALKING
UND OHNE GAR SO MANCHEM DOPING,
GING DIESER LAUF VON BERN NACH NOPPING
UND JEDES BÖSE LÄUFERMOBBING
FÜHRTE SOGLEICH ZU PRISON-DROPPING
UND KANN MAN NICHT MEHR GEH'N, GILT ROBBING
ALS AUSGEZEICHNETES SIEGER-TOPPING!

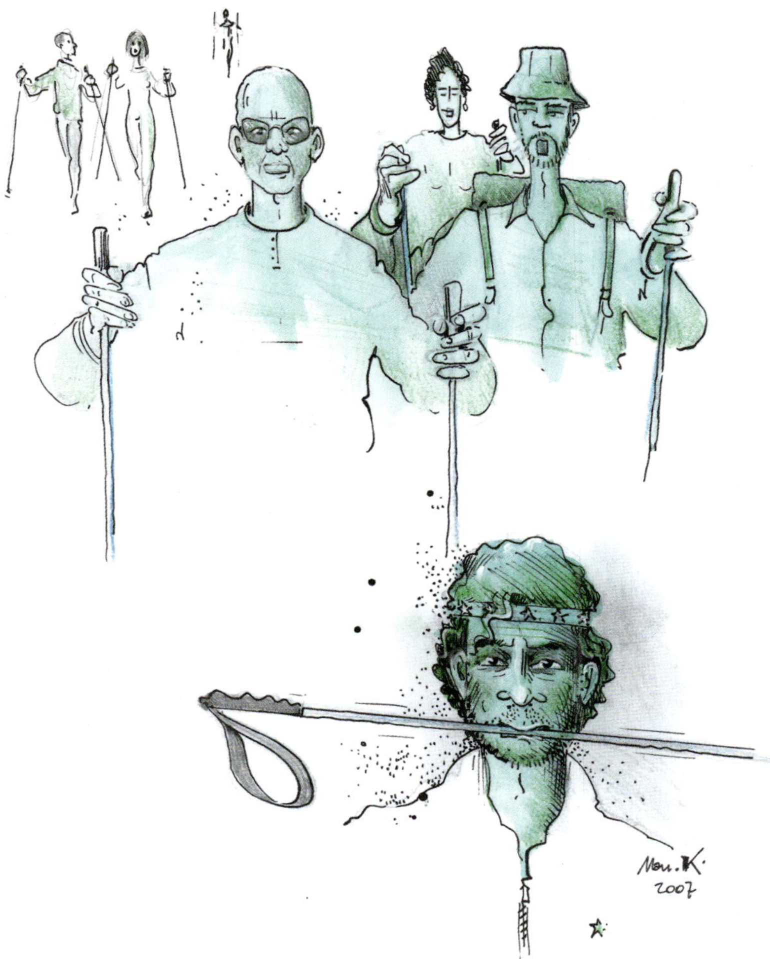

Der Würfelzucker

FRAU VIOLETTA KAFFESCHLUCKER
STAND SICH AUF ECHTEN WÜRFELZUCKER,
DER SPIELTRIEB WAR IHR ELEMENT
UND WENN SIE WÜRFEL SIEHT, SO BRENNT
ES IHR SCHON UNTERM FINGERNAGEL -
BEI IHR GIBT ES NICHT LOB NOCH TADEL;
ALLEIN DAS SPIEL IST ES WAS ZÄHLT
UND GILT IHR ALLES AUF DER WELT!
SOGAR IHR KAFFESERVICE HIER
TRÄGT KARTENSCHMUCK IN FEINER ZIER!

Mau. K. 2007

Die Mikrowelle

AM MEER RAUSCHT MANCHMAL EINE SCHNELLE,
DOCH WINZIG KLEINE MIKROWELLE.
FÜR JENEN GLEITBRETTSPORT HINGEGEN,
MÜSSTEN SICH GRÖSSERE WELLEN REGEN,
DAMIT MAN SCHNELL DAHINGETRAGEN
SO MANCHEN WETTSTREIT KÖNNTE WAGEN.

VERWUNDERT STEHT HIER JENER MANN,
DER DIESES BILD NICHT GLAUBEN KANN,
DENN GAR SO VIELE MIKROWELLEN
KONNTE ER HIER NOCH NIEMALS ZÄHLEN.
ER HOFFT NUR, DASS IN SOLCHEN SCHWÄRMEN
DIE MIKROWELLEN NICHT ERWÄRMEN,
DAS MEER MIT SEINEM GROSSEN BUSEN,
DENN HEISSE BUSEN SIND ZUM SCHMUSEN,
NICHT ZUM SCHWIMMEN!

WAVE
Mau. R.
2007

Diabolos

MAL WINZIG KLEIN, MAL RIESENGROSS
IST DER SO LISTIGE DIABOLOS.
MAL SCHEINT ER WIE EIN REICHER MANN,
DASS MAN IHN NICHT ERKENNEN KANN,
DAS ANDERE MAL SIEHT MAN AM ZEICHEN
DES TEUFELS WESEN, UND WILL WEICHEN.

DOCH HIER BEKENNT ER SICH DAZU
UND TRÄGT AUCH WEDER HUT NOCH SCHUH
UND AUCH SEIN SCHWANZ IST NICHT VERSTECKT,
DAFÜR SPIELT ER RECHT AUFGEWECKT
HIER, MITTEN AUF DER WEITEN WELT
DIABOLO, SOLANG ES IHM GEFÄLLT!

CITY DEVILS
Man. K.
2007

Wasserstoff

EINST LEBTE EIN PROFESSOR DOF
DER SCHUF MIT STOLZ DEN WASSERSTOFF!
UND SCHNEIDET SO, GENAU NACH MASS -
MIT EIFER UND MIT GROSSEM SPASS
MAL RUND UND KRUMM,
MAL NUR ENTLANG
DER BILDSTRUKTUR,
SO GUT ER KANN -
MAL NUR ENTLANG,
MAL RUND UND KRUMM -
PROFESSOR DOF SCHEINT GAR NICHT DUMM!
DENN PLÖTZLICH SCHWIMMT AUF JEDEM STÜCK,
DAS SICH SCHON FLACH ZU BODEN LEGT
EIN KARPFEN-, SCHIFF-, UND ENTENGLÜCK
WAS DIESER STOFF VON DANNEN TRÄGT.
DENN NUR WENN JEMAND LEBEN BRAUCHT,
SEI LEBEN IN DEN STOFF GEHAUCHT!
UND BIS DAHIN, GANZ OHNE GRUND
VERWAHRT PROFESSOR DOF -
DAS LEBEN HIER IM ROLLENBUND!

Mau.Ki
2007

Der Büstenhalter

WOHL DAMALS ALS MAN BÜSTEN SCHUF
WAR BÜSTENHALTER EIN BERUF –
FÜR RUHIGE UND GEDULDIGE HERREN,
UM SICH IHR PORTEMONAIT ZU SCHWEREN.
RECHT GUT BEZAHLT IN FEINEN RUNDEN,
HAT SICH SO MANCHER EINGEFUNDEN,
AN DEM OFT WIRKLICH STUNDENLANG
EIN BÜSTENWERK MIT STOFFBEHANG
ODER IM EDLEN RITTERKLEID
HING, KLÄGLICH, SO ZUM ZEITVERTREIB.

IN UNSEREN MODERNEN TAGEN
KOMMT MEHR DER DAMEN KRAFT ZUM TRAGEN,
DENN FAST NOCH JEDE STOLZE FRAU,
GANZ GLEICH MIT WELCHEM KÖRPERBAU
TRÄGT HEUTE SELBST DEN BÜSTENHALTER,
ALS ANZIEHENDEN FORMGESTALTER.

Mau. K. 2007

Die Heizkörper

IM KÖNIGREICH ZU AVALON
KANNTE MAN FRÜH HEIZKÖRPER SCHON !
AM ABEND, WENN ES KALT UND GRAUS
UND ALLE FEUCHTE ZIEHT INS HAUS
UND UNTER KÖNIGLICHEM DACH
DER KÖNIG UND DER HOF IST WACH,
DA SASSEN IM MONARCHEN BETT
FÜNF JUNGE KÖRPER GANZ ADRETT
UND HEIZTEN GLEICHSAM STUNDENLANG
DES HERRSCHERS BETT, BIS DIESER KAM !

UND MIT DEM GROSSEN MESSGERÄT
MASS ER DIE WÄRME GANZ KONKRET,
UND ERST BEI SECHSUNDDREISSIG GRAD
LEGT ER DIE GOLDENE KRONE AB
UND RUHT SICH AUS IM WARMEN BETT,
DIE FÜNF HEIZKÖRPER LÄCHELN NETT,
UND GEHEN ALLE STILL DAVON,
IM KÖNIGSSCHLOSS ZU AVALON !

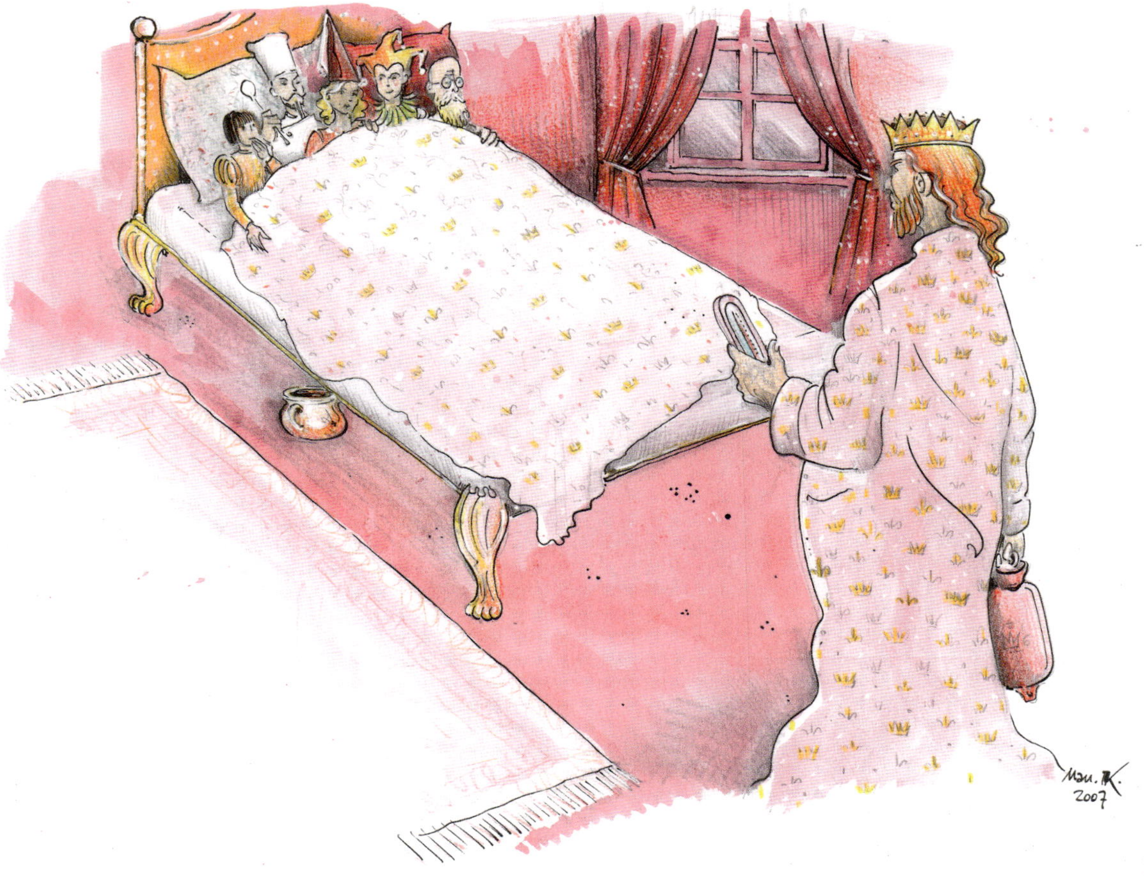

Der Pflasterstein

DEMONSTRATION UND PFLASTERSTEIN
DIE WOLLEN ENG BEISAMMEN SEIN,
DIE WUT, DER HASS UND ALL DIE KRAFT
DES VOLKES WAHRE WUNDER SCHAFFT
UND MANCHER LOSE PFLASTERSTEIN
BRACH SCHON DURCH MANCHES FENSTER EIN.

ALLEIN DIE ZEIT HAT SICH GEWANDELT
UND AUCH EIN STEIN GILT ALS MISSHANDELT,
WENN ER MUTWILLIG SCHADEN MUSS
UND DIES ZULETZT DURCH ÜBERFLUSS;
SO SEHEN DOCH DIE MENSCHEN EIN:
ES MUSS NICHT ALLES **GEGEN** SEIN,
DENN AUCH **DAFÜR** BRINGT SEHR VIEL KRAFT,
DIE GUTES WILL UND NEUES SCHAFFT –
SO HÜLLEN SIE DEN PFLASTERSTEIN
WO ER VERLETZT, MIT PFLASTERN EIN!

WOLLEN ALLES
ALLES

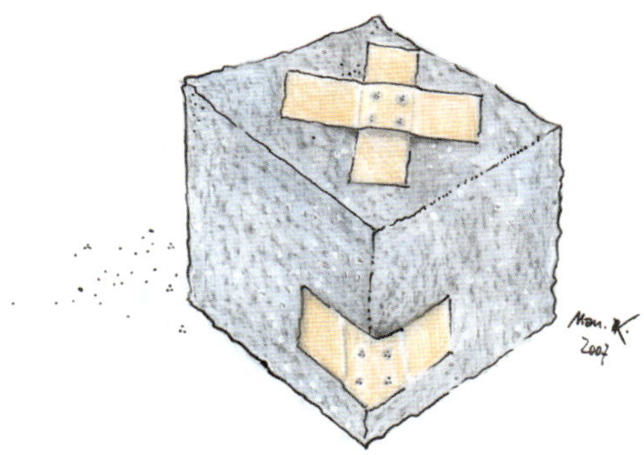

Die Ohrmuschel

IN FREIHEIT LAUSCHT DAS OHR DEN DINGEN,
DIE UM ES RUNDHERUM ERKLINGEN;
LIEGT SOLCH EIN OHR AM MEERESGRUND,
SO IST DIES MEIST RECHT UNGESUND.
AUS DIESER OHRMUSCHEL AM GRUND
ERWÄCHST DIE FREIHEIT UND TUT KUND
DASS GLEICHHEIT AUCH NICHT FEHLEN DARF,
SO SCHLIESST ZULETZT SIE MESSERSCHARF:
WENN JEMAND AUF DEM SEEPFERD REITET
ER AUCH NUR DANN IM GLEICHMASS SCHREITET,
WENN ER MIT SCHNORCHEL, FLOSSE, MÜTZE
SICH ÄHNELT SEINEM EIGENEN SITZE
UND ALSODANN ALS WASSERMANN
SICH ANGLEICHT, WAS DAS SEEPFERD KANN!
MUSIK IST ES, DIE LAUT ERKLINGT
UND UNS VON BRÜDERLICHKEIT SINGT.
SIE EINT DIE MENSCHEN UND DIE RASSEN,
ERKLINGT IN SÄLEN, HÖFEN, GASSEN,
UND BINDET JEDES BÜRGERTUM
DURCH FREIHEIT, GLEICHHEIT, BRÜDERTUM.

Der Feldstecher

SCHON BEI DEN WIKINGERN WAR KLAR,
DASS FELDSTECHEN VON NÖTEN WAR –
ALLEIN DEN BODEN ZU DURCHLÜFTEN
UND SEINEN KÖRPER ZU ENTGIFTEN,
UM EINFACH DEUTLICH ZU BEKUNDEN:
HIER HABE ICH MEIN REICH GEFUNDEN!
UND AUCH IN DEM GERMANENTUM
FAND MAN ALS FELDSTECHER NOCH RUHM –
AUCH ÖSTERREICH IST SO ENTSTANDEN
ALS ABLEGER VON ALTEN LANDEN.
ERST HEUT' HAT MAN HERAUSGEFUNDEN:
MAN HAT SICH OFT UMSONST GESCHUNDEN,
DENN MIT DEM RECHTEN OPTIKGLAS
MACHT FELDSTECHEN ERST RICHTIG SPASS!

Der Stubenhocker

DORT AN DER BAR BEI SCHNAPS UND MOKKA
DA SASS EIN STILLER STUBENHOCKER-
SO WAR ER DA EIN GANZES JAHR,
SEIN KOPF IST LÄNGST SCHON NICHT MEHR KLAR,
DENN STILL UND EINSAM LEBT ER HIER
IN SEINER STUBENHOCKERZIER.
SOGAR DIE SPINNEN SEHEN IHN
NICHT ALS DAS GRAUE UNGETÜM,
NEIN, ALS DEN RUHIGEN SPINNENSTAMM,
ZU DEM SICH FÜGT SO DANN UND WANN
EIN WIEDERUM NEUES SPINNENNETZ-
GANZ NACH DEM SPINNENNETZ-GESETZ.
OB NÄCHSTES JAHR WOHL DIESER MANN
DANN ÜBERHAUPT NOCH GEHEN KANN?
ES BLEIBT BEI UNSERER GEDULD,
WENN NICHT, SO IST ER SELBER SCHULD!

Der Nasenmann

IN WIEN DA LEBTE HERR VON GRAM,
DER HATTE EINEN NASENMANN
UND DIESER WIEDERUM HIESS GRIESS
UND ASS AM LIEBSTEN SCHLEIM AM SPIESS.

NUN: DIESER KLEINE NASENMANN
DER ZEIGTE MANCHMAL WAS ER KANN -
BEIM EINEN NASENLOCH HINEIN,
UM GLEICH BEIM ANDEREN ZU SEIN.

UND WENN ER GANZ IN IHM VERSCHWAND
WAR ER AUF EINMAL IN DER HAND,
DEM FUSS, DEM BAUCH UND DEM GEHIRN
UND KLETTERTE VORN AUS DER STIRN -

UND WENN ES ABEND WIRD, DANN RUHT
DER NASENMANN IN HERZ UND BLUT!

Man. K. 2007

Der Fingernagel

DIE ALTE FRAU VON STORCHENSCHNABEL
DIE HATTE EINEN FINGERNAGEL,
MIT DEM SIE IMMER NASENBOHRTE,
DEN NASENMANN HERNACH AUCH SCHMORTE
UND MIT GENUSS UND LANGSAMKEIT
VERSPEISTE DANN ZUR ABENDZEIT.

UND WILLST DU'S GLAUBEN ODER NICHT,
ER SCHMECKTE IHR WIE EIN GEDICHT!
DIE ALTE FRAU VON STORCHENSCHNABEL
SIE ASS MIT FINGERN, NICHT MIT GABEL,
WAS WOHL DEM ANSTAND NICHT ENTSPRICHT
(WIE DIESES KURZE SCHERZGEDICHT).

DA IST EIN HUFSCHMIED ANGEKOMMEN,
HAT IHR DIE FINGER ABGENOMMEN
UND NAGELTE SIE STOLZ UND FEIN
GANZ EINFACH IN EIN BRETT HINEIN.

DA SASS NUN DIE FRAU STORCHENSCHNABEL
GANZ OHNE EINEN FINGERNAGEL
UND ASS AB NUN GANZ OHNE TADEL
MIT EINER SCHÖNEN SILBERGABEL....
UM AUF IHR LEIBGERICHT ZU SCHAUEN:
VON NUN AN ASS SIE NASENFRAUEN!

Der Leichenschmaus

BEI ONKEL GOTTLIEB GAB'S OH GRAUS
DEN WIRKLICH ECHTEN LEICHENSCHMAUS;
DIE GANZE SIPPSCHAFT WAR GEKOMMEN
UND HAT VON IHM ABSCHIED GENOMMEN,
DENN WEIL DAS GRAB ZU TEUER WAR
ASS MAN IHN AUF MIT HAUT UND HAAR.
UND TRANK EIN ROTES GLAS VON WEIN
FÜR HEITERKEIT BEIM TRAURIGSEIN -
NUR ONKEL FEIGLING HIELT SICH FERN
DENN LEICHEN ASS ER GAR NICHT GERN -
SIE SIND IHM ALLGEMEIN ZU ALT
UND OBENDREIN SCHON MEISTENS KALT -
ER SAH GESPANNT DURCH DAS GUCKLOCH,
WO ES NICHT SO NACH LEICHE ROCH.
DIE ANDEREN GANZ SATT UND FROH,
UND ONKEL GEIZIG SOWIESO
WAR'N STOLZ AUF DAS, WAS SIE GESPART
WODURCH SIE IHN NICHT EINGESCHARRT -
UND DIE MORAL VON DEM GEDICHT:
„VERACHTE DEINEN NÄCHSTEN NICHT!"

Mau.K
2007

Ganz Sal

HIER STEHT DENN
ALS MAHNMAL
DAS GRABMAL-
IST SEHR SCHMAL!
AUS LICHTSTRAHL
NUN GANZ SAL,
NOCH EINMAL
DIE NEUNZAHL-
GERAFFT MAL
WIE MUTAL,
SCHON FAST KAHL
AM GRABPFAHL!
DIE HAARWAHL
ALS SIGNAL
UND DENKMAL
ZUM VORFALL,
DER BRUTAL
UND FATAL
MIT DOLCHSTAHL
UND BAUMPFAHL
VON REKTAL
FAST BANAL
IM ALMTAL
NICHT NACH WAHL
ALS LABSAL
VON DORSAL
UND ANAL
FAST FRAKTAL
NACH DIEBSTAHL
VON STABSTAHL
DURCH SANDSTRAHL
IM PRUNKSAAL,
NACH REIFLICHER AUSWAHL
DORT UNTEN GESCHAH!

DU KOFFER,
NUN FALL MAL
BEI MISTRAL
IM INNTAL,
UND SCHWER FÄLLT
DIE WORTWAHL
NUN ORAL
AM GASTMAHL
DURCH TRÜBSAL,
NOCH EINMAL
GELASSEN
NACH IHM HIER
ZU SCHAU'N.

Unterwasserski

ALS NEUER BADEMODESPORT –
DAS NEUE KOMMT, DER REST IST FORT –
GILT DIESES JAHR ALS ZWANG UND MUSS
DER UNTERWASSERSKIGENUSS.

WER MUTIG IST TREIBT DIESEN SPORT
AN MANCHEM GAR VERLASSENEN ORT,
WO ALTÖL UND PLUTONIUM,
DIE SONST NUR BRINGEN TONI UM,
SO MANCHE LEICHTE TAGESDOSE
ABGEBEN FÜR DIE ZWANGSNEUROSE.

SO GILT NUR DER ALS WIRKLICH MUTIG
DER AUFGESCHÜRFT UND WUND UND BLUTIG,
DURCH ALTLASTENCONTAINER FÄHRT
UND LEICHT GESTÖRT NACH HAUSE KEHRT.
SO IST DAS RESÜMEE ZUM SCHLUSS:
NEUROSE WÄCHST DURCH SKIGENUSS!

NAUTIC

Reevolution

DER MENSCH IN SEINER EVOLUTION
GELANGTE AUF SO MANCHEN THRON
UND MANCHE GEISTIGE ENTWICKLUNG
FÜHRTE ZU MANCHER ZWANGSBEGLÜCKUNG.

DER HÖHEPUNKT DER EVOLUTION
WEICHT HEUTE SCHON DER DEGENERATION
UND RÜCKWÄRTS SCHREITET DIE NATUR
ENTLANG DER EINSTIGEN ENTWICKLUNGSSPUR!

ALLEIN DIE DUMMHEIT UND DAS LASTER
DAS SICHERTUM UND ALL DER ZASTER,
DIE SCHREITEN WEITERHIN VORAN,
WEIL MAN SIE NICHT MEHR HALTEN KANN.

SO IST DES MENSCHEN ZUKUNFTSGLÜCK
ZWAR JENER WEG VOM JETZT ZURÜCK,
DOCH DUMMHEIT, GEIZ UND NARRENTUM
VERLEIH'N IHM AUCH IN ZUKUNFT RUHM!

SPAX
Man. K. 2007

Danksagungen

Im Namen der Paracelsus-Schule Salzburg möchte ich mich herzlich dafür bedanken, dass die Autoren dieses Buches – Herr Manfred Kiwek und Herr Daniell Porsche – unsere Schule mit einem Teil des Verkaufserlöses unterstützen. Es bedeutet für uns, Hilfestellungen geben zu können für Kinder, die ihrer bedürfen.
Wir sind eine heilpädagogische, therapeutische Waldorfschule, in der wir Kinder betreuen, deren Entwicklung aus unterschiedlichen Gründen nicht altersgemäß und gesund verlaufen kann. Der Unterricht findet in Kleinklassen statt. Besonders wichtig sind uns die liebevolle Hinwendung und der Beziehungsaufbau zum einzelnen Kind. Großen Raum nehmen dabei künstlerische und praktische Tätigkeiten ein, sowie die tiergestützte Pädagogik. In den verschiedenen Therapien erhalten die Kinder eine spezielle Betreuung in ihren individuellen Bedürfnissen. Der für uns vorgesehene Anteil am Erlös dieses Buches wird dem Therapiebereich oder der tiergestützten Pädagogik zugute kommen. Derzeit besuchen 35 Kinder in 12 Schulstufen die Paracelsus-Schule Salzburg, 9 Kinder betreuen wir nachmittags in unserem Hort am Bauernhof.
Die Paracelsus-Schule Salzburg wurde 1989 von einer Elterngruppe, zusammen mit der Heilpädagogin, Frau Sieglinde Wendt, gegründet. Seit 2005 hat es das großzügige Engagement von Herrn Daniell Porsche ermöglicht, dass wir mit den Kindern in einem wunderschönen, neuen Schulgebäude in St. Jakob am Thurn und in einem Bauernhof arbeiten können. Möge diesem Buch viel Erfolg beschieden sein und mit ihm auch unseren Kindern!

Veronika Burtscher (Schulleiterin)

Schwer zu übertreffen war unser erstes gemeinsames Buch „Das Vorhangschloß“ – ich glaube mit dem „Zitronenfalter“ ist es gelungen, ohne den Vorgänger schlecht dastehen zu lassen, der nun in einer zweiten Auflage neu erscheinen soll.
Die Bilder sollten hintersinnig sein und auch die Magie der Texte erschließt sich manchmal erst beim zweiten, dritten Mal lesen. Im Übrigen ist die Dankbarkeit ganz auf meiner Seite, denn Herr Daniell Porsche macht es möglich, dass aus einer Idee ein greifbares Ganzes wird.
Oft fragt man sich, fragt man mich, woher denn die Inspiration kommt. Für meinen Teil kann ich diese Frage beantworten: Ich danke dem Inspirator, Daniell Porsche, für seine unglaublich vielseitige Arbeit in der Architektur, seine Beiträge in der Literatur und an der sozialen Plastik und wünsche ihm alles Gute!

Manfred Kiwek (Illustrator)

Auch bei diesem Buch haben viele helfende Menschen dazu beigetragen, dass es entstehen konnte. Angefangen bei all jenen, welche uns durch Kauf, Verbreitung und Lesen des „Vorhangschlosses“ sowie Bitten dazu gebracht haben, diesen Folgeband überhaupt erst in Angriff zu nehmen. Ebenso jene, die uns mit Worten und Ideen beschenkten, jene, welche sich im Hintergrund um viele Vorbereitungen und Korrekturen bemühten. Der Verlag, vertreten durch Herrn Dr. Bodo Polzer, der Setzer, die Druckerei und Buchbinderei, sowie der gesamte „Hofstaat“ des Vertriebes sei nicht vergessen. Besonderer Dank jedoch gebührt wiederum Herrn Manfred Kiwek, der unermüdlich und in rasendem Tempo fast Unmögliches verwirklicht hat. Von ganzem Herzen möchte ich mich auch bei meiner lieben Frau und Familie bedanken, ohne deren stilles Erdulden so manchen Verzichtes dieses Werk auch nicht hätte entstehen können und nicht minder bei meiner Sekretärin, Frau Evelyne Bauer, und unserem Computerfachmann, Herrn Hannes Reithmayr, ohne deren Ausdauer in Diktat, Vorkorrektur, Scan und digitaler Verarbeitung ein derart reibungsloser Ablauf bis hin zum Setzer nicht gelungen wäre.
Einige bereits geschaffene Gedichte haben in diesem Buch keinen Platz mehr gefunden, aber vielleicht ist uns die Möglichkeit gegeben in weiterer Zukunft nochmals ein drittes Buch dieser Art zu gestalten. Wir werden es auf uns zukommen lassen und freuen uns schon jetzt, wenn wir durch die beiden nun vorliegenden Bücher Ihnen, werte Leserin und werter Leser, Freude und Entspannung und der Paracelsus-Schule Salzburg (Bildungsstätte für seelenpflege-bedürftige Kinder und Jugendliche) Zuversicht für den weiteren Fortbestand in kleiner anteiliger Form geben können. Auch bei dem „Zitronenfalter“ gehen je verkauftem Buch EUR 10,– direkt an die Paracelsus-Schule Salzburg. Hierfür sei im voraus schon an jeden Käufer und Besitzer dieses Buches unser Dank ausgesprochen!

Daniell Porsche (Verfasser)

Manfred Kiwek

Geboren 1955 im Sternzeichen Fische...
Als Linkshänder aufgewachsen in Oberösterreich...
Glückliche Kindheit mit Unterbrechungen durch den Schulbesuch, sowie Unterbrechung des künstlerischen Werdeganges durch den Besuch der Kunsthochschule Linz.
Studienreisen und Irrfahrten als Halbstarker, Kaufmännischer Lehrling, Hilfsarbeiter, Wirtshausmusikant, Soldat, Zivildiener, Schaufensterdekorateur, Schriftenmaler, Grünfried, Hippie, Bettelmönch.
Beschäftigung mit Philosophie, Biologie und Musik...
Im Mittelpunkt der derzeitigen Interessen steht der Versuch, meinen Kindern eine glückliche Zeit OHNE Unterbrechungen zu ermöglichen...
Entscheidende Begegnungen: Ehefrau Brigitte, Aglaia und Daniell Porsche
Seit 2004 in Salzburg lebend...

Daniell Porsche

Daniell Porsche wurde 1973 in Stuttgart geboren; zwei Jahre später übersiedelte die Familie nach Salzburg. Nach dem dortigen Besuch des Waldorfkindergartens und der Waldorfschule absolvierte er das Abitur in der Rudolf Steiner-Schule Uhlandshöhe in Stuttgart. Anschließend studierte er Waldorfpädagogik in Dornach/Schweiz. Es folgte das Studium der Anthroposophischen Musiktherapie in Berlin. Daniell Porsche ist in vielen verschiedenen Bereichen des wirtschaftlichen, künstlerischen und sozialen Geschehens tätig und derzeit Obmann des Vereines der Paracelsus-Schule Salzburg (Bildungsstätte für seelenpflege-bedürftige Kinder und Jugendliche). Er ist verheiratet und Vater zweier Kinder.

Aglaia Porsche

Inhalt

Vorwort 5

Balladen

Der Zitronenfalter 6
Lesezeichen 12

Aus Wald, Feld und Flur

Die Sonnenblume 16
Die Trauerweide 18
Die Astgabel 20
Der Mischwald 22
Der Stammbaum 24
Der Fingerhut 26
Die Glühbirne 28
Der Rasensprenger 30
Die Wegwarte 32
Vergissmeinnicht 34

Tierische Menschlichkeit

Des Herren Vogel 36
Die Handbremse 38
Der Igel 40
Das Schaukelpferd 42
Der Dompfaff 44
Der Zaubermeister 46

Erde, Wasser, Luft und Feuer

Die Laufschule 48
Die Handschuhe 50
Die Schiebelehre 52
Der Zebrastreifen 54
Der Pfadfinder 56
Das Laufrad 58
Der Fahrstuhl 60
Die Zugspitze 62
Die Zugbrücke 64
Der Ordensbruder 66
Die Meerschaumpfeife 68
Der Aufschneider 70
Die Piraten 72
Der Fliegenpilz 74

Der Flügel 76
Der Vogelballon 78
Der Drachenflieger 80
Der Luftdruck 82

Wirtschaft, Spiel und Sport
Der Bierdeckel 86
Die Bank 88
Der Wechselschalter 90
Der Bildschirm 92
Der Hosenträger 94
Neumond 96
Der Tischläufer 98
Der Streckenlauf 100
Der Würfelzucker 102
Die Mikrowelle 104
Diabolos 106

Am Zahn der Zeit
Wasserstoff 108
Der Büstenhalter 110
Die Heizkörper 112
Der Pflasterstein 114
Die Ohrmuschel 116
Der Feldstecher 118

Gräulicher Humor
Der Stubenhocker 120
Der Nasenmann 122
Der Fingernagel 124
Der Leichenschmaus 126
Ganz Sal 128
Unterwasserski 130
Reevolution 132

Anhang
Danksagungen 134
Manfred Kiwek 136
Daniell Porsche 137

Von Daniell Porsche ist bisher erschienen:

„Silbermond…“, eine Sammlung erster und früher Gedichte, der Grundstimmung nach den vier Temperamenten untergliedert. Das Buch ist mit Fadenheftung gebunden, fester, teilweise farbiger Umschlag, 104 Seiten, DIN A6, Hochformat.

„Todesgold…“, eine Sammlung eigener Gedichte zum Thema Tod, Vergänglichkeit, Auferstehung und Wiedergeburt. Das Buch ist mit Fadenheftung gebunden, fester, ganzfarbiger Umschlag, 104 Seiten, DIN A6, Hochformat.

„Septemberorgie…“, eine Sammlung von Sinnsprüchen, die in wenigen Tagen – eben in einem September – entstanden sind. Ihr Inhalt bezieht sich ebenso auf tiefgreifende Fragen des Menschen, wie auch auf selbstverständliche Grundgesetze des Lebens auf unserer Erde. Das Buch ist mit Fadenheftung gebunden, fester, teilweise einfarbiger Umschlag, 104 Seiten, Großdruck, DIN A6, Querformat.

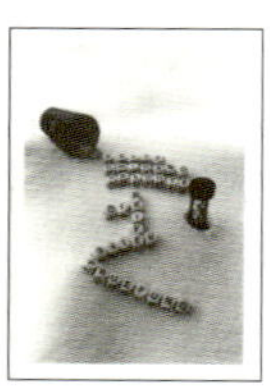

„Die reife Reifeprüfung…“, ein Versuch, sich mit der derzeitigen Schulproblematik (1996) aus eigener Sicht und Erfahrung auseinanderzusetzen, bei der es immer wieder nur um Leistung und nicht um wirkliches Können zu gehen scheint. Das Buch ist mit Fadenheftung gebunden, weicher, teilweise einfarbiger Umschlag, 112 Seiten, DIN A5, Hochformat.

„Verflossene Wasser...", eine Sammlung von über vierzig Gedichten eines größeren Entstehungszeitraumes für einsame, zeitlose und hoffnungsvolle Stunden der Vergangenheit, der Gegenwart und der Zukunft. Das Buch ist mit Fadenheftung gebunden, fester, ganzfarbiger Umschlag, 104 Seiten, DIN A6, Hochformat.

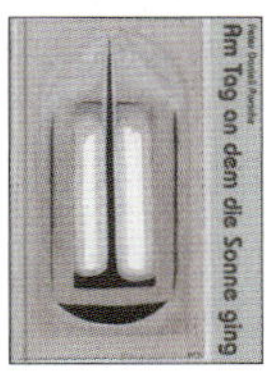

„Am Tag an dem die Sonne ging...", romanhafte Erzählung: „...ein gebundenes Buch mit unbeschriebenen Blättern ist das Geburtstagsgeschenk einer Tante an ihren eben erst vierzehnjährigen Neffen... ...einen Tag nach seinem Geburtstag entschließt er sich, sein eigenes Tagebuch zu schreiben. Da er sich bisher noch nie näher mit seiner Vergangenheit beschäftigt hat, sie ihn aber immer wieder einzuholen droht, beginnt er wie ein Wahnsinniger zu schreiben...". Das Buch ist mit Fadenheftung gebunden, fester, ganzfarbiger Umschlag, 204 Seiten, DIN A6, Hochformat.

„Jahrtausendwende...", Gedichte zur Jahrtausendwende: tiefgreifende Fragen, zukunftsweisende Gedanken, romantische Bilder aus den vergangenen Jahren, den gegenwärtigen Stunden und werdenden Erwartungen wurden versucht in moderner, aber nicht willkürlich- abstrakter Weise in teilweise reimende, teilweise mehr durch die Sprache an sich getragene Gedanken geformt zu werden. Das Buch ist mit Fadenheftung gebunden, fester, ganzfarbiger Umschlag, 104 Seiten, DIN A6, Hochformat.

„Sternstunden...“, eine Sammlung von Sprüchen für Kinder vor und nach der Geburt, bis hin zur Schulreife. Das Buch ist mit Fadenheftung gebunden, fester, ganzfarbiger Umschlag, 104 Seiten, DIN A6, Hochformat.

„Das Vorhangschloß...“, eine Sammlung von humorvollen Gedichten mit jeweils dazu passenden lustigen Illustrationen und gedacht dafür, von Zeit zu Zeit seiner Leserin und seinem Leser die Möglichkeit zu verschaffen, vom hektischen Alltag des Lebens einwenig zurückzutreten, um auf der Suche nach dem Clown in sich selbst Ruhe, Freude, Humor und aber auch Besinnlichkeit neu zu entdecken. Das Buch ist mit Fadenheftung gebunden, fester, teilweise farbiger Umschlag, über 60 farbige Illustrationen, 144 Seiten, DIN A5 (Übergröße), Hochformat.

„Träume in Raum und Zeit...“, eine Sammlung klassischer und moderner Musikstücke für Querflöte und Klavier, bzw. Schlagzeug und Baß-Guitarre auf CD, von Andersen, Bach, Händel, Mozart, Waller u.v.m. Klavier: Michael Walter, Querflöte: Peter Daniell Porsche.

„Frühlingsglanz...“, ein Versuch Variationen zu einer selbst komponierten Grundmelodie zu verfassen und diese in Flöte Solo zu spielen. Die neunzehn Titel dieser CD stellen einen längeren Zeitraum dar – widerspiegeln also in gewisser Weise einen längeren Lebensabschnitt.

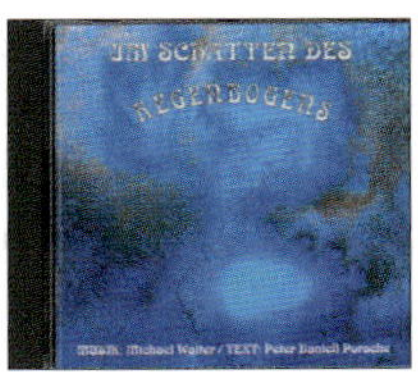

„Im Schatten des Regenbogens...“, ein Musiktheater, das sich intensiv mit der Frage der Wachheit heutiger Menschen – insbesondere im Bereich der Medizin auseinanderzusetzen sucht, ohne deren Stellenwert grundsätzlich verschlechtern zu wollen. Musik: Michael Walter, Text: Peter Daniell Porsche. (Im Booklet dieser CD sind die gesamten Texte des Musiktheaters – auf der CD lediglich Ausschnitte der gesungenen und gesprochenen Abschnitte in der Besetzung der Erstaufführung durch Schüler der Rudolf Steiner-Schule Salzburg beinhaltet).

Zu beziehen zugunsten der Paracelsus-Schule Salzburg (Bildungsstätte für seelenpflege-bedürftige Kinder und Jugendliche) unter Tel.: +43 (0) 662 632020-80, Fax: +43 (0) 662 632020-84, E-Mail: office@kulturzentrum-stjakob.at

Wir sind bemüht, in allen Bereichen eine uns bestmögliche Qualität für Ihre Zufriedenheit zu liefern. Reklamationen, Anregungen und Verbesserungsvorschläge werden ebenfalls gerne unter oben genannten Kontakten entgegengenommen. Änderungen und Irrtum vorbehalten!